हवलदार बहादुर और डाकुओं का गिरोह

चित्रांकन
बेदी

लेखक
विनय प्रभाकर

पुनः रंगसज्जा
रूद्राक्ष

चोर एक सुनसान और सीधी सड़क पर निकल आया था।
तुझे तो हराकर ही रहूंगा बेटा।
लेकिन चोर को पकड़ने की बजाय वह उससे आगे निकलते चले गए।
देखो मेरी दौड़।
ऐसा लगता था, जैसे उनके ब्रेक फेल हो चुके हैं।
आंय! यह हवलदार तो दौड़ता ही चला जा रहा है। शायद बावला हो गया है।
तभी इंस्पेक्टर खड़ग सिंह की जीप उधर से गुजरी—
हवलदार बहादुर, कहां भागे जा रहे हो तुम?
हवलदार बहादुर ने बड़ी मुश्किल से अपने ब्रेक लगाए।
ओह! इंस्पेक्टर खड़ग सिंह।
सर!
कहां दौड़े जा रहे हो तुम?

मैं एक चोर को पकड़ने के लिए दौड़ रहा था सर। वह एक महिला की चेन खींचकर भागा है।
लेकिन चोर कहां है?
वह तो पीछे रह गया साहब! मैंने साले को दौड़ में हरा दिया। कह रहा था, दौड़ का चैम्पियन हूं।
यानी तुमने उसे पकड़ा नहीं?
ओह! भूल हो गई साहब। मैं जोश में होश खो बैठा और...।
शटअप! तुम अभी तक गधे के गधे ही हो।
इंस्पेक्टर ने क्रोध में भरकर जीप आगे बढ़ा दी।
मैं सचमुच गधा हूं। भला मुझे उस लफंगे के साथ रेस लगाने की क्या जरूरत थी? इंस्पेक्टर खड़गसिंह फिर से मुझे मूर्ख समझने लगा है। अब जब तक मैं एकाध अपराधी को पकड़कर उसके हवाले नहीं करूंगा, तब तक मेरी इज्जत वापस नहीं मिलेगी।
थोड़ी देर बाद गली से गुजरते हुए–
आंय! यह बंदा क्या कर रहा है?
ओय!
शी...शी...

क्या बात है?
यहां कान लगाकर सुनो।
हवलदार बहादुर ने तुरंत अपना कान दीवार से लगा दिया।
शायद किसी अपराध का सुराग मिलने वाला है।
लेकिन काफी देर कान लगाने के बाद भी कुछ सुनाई नहीं दिया।
अबे ओय, मुझे तो कुछ भी सुनाई नहीं दे रहा है।
हा...हा...हा! मैं दो घंटे से कुछ सुनने की कोशिश कर रहा हूं, जब मुझे ही कुछ सुनाई नहीं दिया तो तुम्हें पांच मिनट में कैसे सुनाई दे जाएगा?
गुर्र... र्र्र...!
पुलिस से मजाक करता है साले।
ठाक
अरे...अरे, पागल को क्यों पीटते हो हवलदार साहब?
पागल?

हां, यह बेचारा पागल है। यह इसी के घर की दीवार है। यहां यह सुबह से शाम तक कान लगाए खड़ा रहता है।
हा...हा... हा...!
???
जा साले, पागल समझकर छोड़ दिया। वरना हवालात में डालकर सड़ा देता।
ही...ही... ही...!
थोड़ी देर बाद सड़क पर-
ओय!
जनसुविधाएं
धाड़
माफ करना हवलदार।
वह व्यक्ति लपककर टायलेट में घुस गया।
पुलिस को टक्कर मारकर गया है। बाहर निकलेगा तो पकड़ लूंगा साले को।
पुरुष
कुछ देर बाद वह व्यक्ति बाहर निकला तो हवलदार बहादुर चौंक पड़े —
आंय! जब यह अंदर गया था तो चेहरा सफाचट था। सू-सू करते में ही इसकी मूंछें निकल आईं।
वह व्यक्ति सड़क के पार पहुंच चुका था।
यह व्यक्ति जरूर कोई अपराधी है। टायलेट में जाकर इसने अपना हुलिया बदल लिया है। मुझे इसका पीछा करना चाहिए।

और हवलदार बहादुर ने उसका पीछा आरम्भ कर दिया।
इसको अपराध करते हुए रंगे हाथों पकड़ूंगा। फिर साले को हवालात में बंद करके सड़ा दूंगा।
उस व्यक्ति ने मुड़कर देखा।
ढाबा
ओह! हवलदार को मुझ पर शक हो गया है।
तुरंत ही उसने एक टैक्सी को रुकने का संकेत किया।
टैक्सी!
भाग रहा है साला।
उसके टैक्सी में बैठने से पहले ही हवलदार बहादुर निकट पहुंच गए।
ऐ...!
क्या बात है हवलदार साहब?
नकली मूंछें लगाकर कहां जा रहा है तू?
शोर न करो हवलदार। मेरी बात सुनो।
बात तो तेरी मैं थाने जाकर सुनूंगा। लेकिन यहां तो तेरी मूंछ उखाड़ देता हूं।

???
यह ले।
नकली मूंछ।
क्या चक्कर है यह ?
कोई अपराधी है।
हां, यह बहुत बड़ा अपराधी है। साला हवलदार बहादुर की आंखों में धूल झोंककर भाग रहा था।
मेरी बात तो सुनो हवलदार, मैं...।
चुप! हवालात में डालकर सड़ा दूंगा साले। चल थाने।
अब तो थाने जाना ही पड़ेगा, वरना हवलदार के साथ-साथ पब्लिक भी मार-मारकर हुलिया बिगाड़ देगी।
ठीक है, चलो थाने।
हवलदार बहादुर उसे हांकते हुए थाने की ओर चल दिये।
थाने में—
किसे पकड़ लाए हवलदार साहब!
यह बहुत बड़ा अपराधी है। बड़ी मुश्किल से हाथ आया है साला।
अभी पता चल जाएगा मैं कौन हूं?
थाना

फिर हवलदार बहादुर खड़गसिंह के कमरे में पहुंचे।
चल अन्दर!
कौन है यह?
चोर है साहब! साला नकली मूंछ लगाकर डाका डालने जा रहा था, मगर मैंने धर दबोचा।
गुड। इसे हवालात में बंद कर दो।
मुझे हवालात में बंद करने से पहले जरा यह देख लो इंस्पेक्टर?
सी.आई.डी. इंस्पेक्टर वासुचंद्रा।
सी. आई. डी.?
हां, मैं इंस्पेक्टर वासुचंद्रा हूं। जिसे यह मूर्ख हवलदार डाकू समझकर पकड़ लाया है।
स... सॉरी सर!
म...माफ कर दीजिए सर!
शटअप! मैंने तुमसे कई बार कहा कि मेरी बात सुनो। लेकिन तुम खुद को न जाने क्या समझ रहे थे?

हवलदार बहादुर को इस तरह की मूर्खताएं करने की आदत है इंस्पेक्टर वासु। बाई दी वे, यह आपको कहां से पकड़कर लाया है?
WORK IS WORSHIP
मैं एक संदिग्ध व्यक्ति का पीछा कर रहा था। उसने मुझे पहचान लिया था, इसलिए मैंने एक पब्लिक टायलेट में घुसकर अपना हुलिया बदला और जब टायलेट से बाहर निकला तो आपके इस हवलदार बहादुर ने पकड़ लिया।
आई एम सॉरी! प्लीज, आप बैठिए।
नहीं। पहले मैं इस हवलदार के विरुद्ध लिखित शिकायत दर्ज करना चाहता हूं।
इसे माफ कर दीजिए मिस्टर वासु। यह थोड़ा मूर्ख जरूर है, लेकिन आदमी काम का है।
इंस्पेक्टर साहब ठीक कहते हैं।
शटअप! जाकर मिस्टर वासु के लिए चाय लाओ।
यस सर!
कुछ देर बाद —
आप किसी अपराधी का पीछा कर रहे थे?

जी हां, वास्तव में हमारे विभाग को सूचना मिली है कि पड़ोसी राज्य से डाकुओं का एक गिरोह हमारे शहर में आ चुका है और जल्दी ही शहर में लूट और डकैती की वारदातें शुरू करने वाला है। इसी सिलसिले में मैं एक संदिग्ध व्यक्ति का पीछा कर रहा था।
डाकुओं का गिरोह हमारे शहर में? हवालात में बंद करके सड़ा दूंगा सालों को।
तुम चुप रहो।
डाकुओं के उस गिरोह के विषय में तो मुझे भी सूचना मिल चुकी है। मैंने भी अपने कुछ जासूस डाकुओं की तलाश में लगा दिए हैं।
वह बहुत खतरनाक गिरोह है। हमारा पूरा डिपार्टमेंट उसकी तलाश में लगा हुआ है।
उसी समय शहर के एक भाग में डाकुओं का गिरोह सक्रिय था। डाकुओं ने हवा में गोलियां चलाकर पूरी मार्केट में आतंक फैला दिया था।
DOG SHOES
TAYA JEWELLERS
धांय
धांय
धांय

फिर उन्होंने दुकानों का कैश लूटना शुरू कर दिया।
इधर लाओ सारा रुपया।
एक दुकानदार ने विरोध करना चाहा, मगर–
गोली मार दूंगा साले।
धाड़
आह!
डाकुओं ने एक जौहरी की दुकान भी लूटी।
ई... ई... ई...!
केवल दस मिनट में डाकुओं ने लाखों रुपये लूट लिए और फिर गोलियां चलाते हुए अपनी गाड़ियों में बैठकर...
धांय
धांय
धांय
...फरार हो गए।
कुछ देर बाद इंस्पेक्टर खड़गसिंह के सामने रखे फोन की घंटी बजी।
क्या... शंकर मार्केट में डाका पड़ा है... दस डाकू थे?
तो वह गिरोह सक्रिय हो उठा है?
जी हां। मैं शंकर मार्केट जा रहा हूं।

मैं भी आपके साथ चल रहा हूं।
और मैं भी।
तुम्हारी वहां कोई जरूरत नहीं है। और इस मामले में तुम टांग अड़ाने की कोशिश भी मत करना। पिछली बार तुमने न जाने कैसे तीन डाकू पकड़ लिए थे। लेकिन इसका यह अर्थ नहीं है कि तुम तीसमार खां होगए हो।
इंस्पेक्टर खड़गसिंह सचमुच मुझसे जलता है, लेकिन यह मुझे डाकुओं को पकड़ने से नहीं रोक सकता। मैं अपने ढंग से डाकुओं की खोज करूंगा।
थाना
शंकर मार्केट में इंस्पेक्टर खड़गसिंह को डाकुओं का कोई सुराग नहीं मिला।
वह सब चेहरे पर नकाब चढ़ाए हुए थे इंस्पेक्टर साहब।
हम किसी का चेहरा नहीं देख पाए।
वह बहुत खतरनाक डाकू थे।

विभिन्न लोगों का बयान लेने के बाद इंस्पेक्टर ने उन्हें सांत्वना दी —
आप लोग निश्चिंत रहें। डाकुओं को जल्दी ही पकड़ लिया जाएगा। पुलिस विभाग के बेहतरीन जासूस उन डाकुओं की खोज कर रहे हैं।
उधर छुट्टी के बाद हवलदार बहादुर ने घर जाकर अपना हुलिया बदला और निकल पड़े डाकुओं की तलाश में।
कोई सोच भी नहीं सकता कि गोला और बेर बेचने वाला पुलिस का हवलदार हो सकता है।
आओ भाई गोला खाओ, सेहत बनाओ।
जो खाएगा बेर, हो जाएगा शेर।
FILM
SWEET
अबे ओय उस्ताद, क्या बेच रिया है तू?
बेर। लेने हैं?
नहीं लेने, भला बेर भी कोई खाने की चीज है?
खाकर देख बेटा। मेरे बेर खाते ही शेर बन जाएगा।
NEW MARKE

मुझे नहीं बनना शेर। तेरी सूरत गीदड़ जैसी है, इसलिए अपने बेर खुद ही खा ले और बन जा शेर।
गुर्र... गुर्र... साले, मुझे डाकू न पकड़ने होते तो बताता तुझे।
AAM CHANDER KAMCHANDER SAREE STORE
एक चौराहे के निकट हवलदार बहादुर ने अपनी रेहड़ी रोक दी।
गोला खाओ, सेहत बनाओ।
अभी बनाता हूं तेरी सेहत।
BHUKANER
RT-76
क्यों बे? तुझे पता नहीं है यहां रेहड़ी लगाना मना है।
यह तो सिपाही शंकरलाल है। इसने मुझे पहचाना नहीं, इसका मतलब है मैंने बड़ा धांसू मेकअप किया है।
अबे यह कबूतर की तरह मेरी ओर क्या ताक रहा है? रेहड़ी आगे बढ़ा यहां से, वरना डंडे मार-मारकर तेरे गोडे तोड़ दूंगा।
MANOJ COMIC
STUDIO RANG REKHA
SNOWKITE
UTHAU COTTON MILLS
जा रहा हूं जी।

अगर इस संतरी के बच्चे को पता चल जाए कि मैं हवलदार हूं तो साले की हवा बंद हो जाएगी। लेकिन मैं इस वक्त बता नहीं सकता।
गुर्र...गुर्र...!
काफी देर तक इधर-उधर घूमने के बाद हवलदार बहादुर ने एक गली के सामने रेहड़ी रोक दी।
अभी तक कोई संदिग्ध आदमी नजर नहीं आया। काफी थक गया हूं, कुछ देर यहां रुकता हूं।
जो खाएगा बेर, हो जाएगा शेर।
TEA STALL
एक रुपये के बेर दो।
अभी लो।
यहां इश्तहार लगाना मना है।

आंय! अभी-अभी एक आदमी टैक्सी में आया था। उसके हाथ पर भी प्लास्टर चढ़ा था। और इसके हाथ पर भी।
वह युवक भी गली में चला गया था। उसके कुछ देर बाद —
एक और आ गया।
फिर एक आटोरिक्शा गली के सामने रुका।
आखिर यह चक्कर क्या है? जो भी आ रहा है, उसके एक हाथ पर प्लास्टर है।
इस तरह एक-एक करके आठ युवक उस गली में प्रविष्ट हुए —
आधे घंटे में इस गली में आठ व्यक्ति गए हैं और सबके एक हाथ पर प्लास्टर था।
मामला गड़बड़ है। शायद यह सब डाकू हैं। और प्लास्टर में चोरी का माल छुपाकर ला रहे हैं। गली के भीतर जाकर देखना होगा।
गली अंदर से सुनसान थी।
यहां सिर्फ चार मकान हैं, लेकिन वह लोग किस मकान में गए होंगे।

तभी–
एक और आ रहा है।
क्या बेच रहे हो तुम?
गोला और बेर।
शर्म नहीं आती तुम्हें। खाने की चीजें ढांपकर भी नहीं रखी। बच्चों में बीमारी फैलानी है क्या?
नहीं जी।
चुप रहो। और भागो यहां से। यह गंदी चीजें लेकर दोबारा यहां आए तो ठीक नहीं होगा।
जाता हूं।
युवक आगे बढ़कर एक घर में प्रविष्ट हो गया।
ओह! तो यह है इनका अड्डा। अब कोई संदेह नहीं रहा। यह सब साले डाकू हैं। साला मुझे डांट रहा था, अभी बताता हूं।
इंस्पेक्टर खड्गसिंह को सूचना देनी चाहिए कि मैंने डाकुओं के गिरोह का पता लगा लिया है।
हवलदार बहादुर रेहड़ी लिए हुए गली से बाहर निकले।

थोड़ी देर बाद—
हैलो सर! मैं हवलदार बहादुरसिंह बोल रहा हूं।
PUBLIC CALL
क्या बात है?
सर! मैंने डाकुओं के उस गिरोह का पता लगा लिया है। मैं उनका अड्डा भी देख आया हूं। आप तुरंत फोर्स लेकर आ जाइए। अभी छापा मारकर सब सालों को पकड़ लेंगे और हवालात में बंद करके सड़ा देंगे।
तुम्हें कोई गलतफहमी तो नहीं हुई हवलदार?
क्या बात करते हो लंगूर। म... मेरा मतलब है हजूर! कोई गलतफहमी नहीं हुई। मैंने डाकुओं को खुद देखा है। बस, आप तुरंत पिंटो रोड के नाके पर बने पब्लिक फोन बूथ पर पहुंचिए। मैं आपको वहीं मिलूंगा।
PUBLIC CALL
कहकर उसने फोन बंद कर दिया।
इंस्पेक्टर खड़गसिंह को आज फिर मेरी बुद्धि और बहादुरी का कायल होना पड़ेगा। लेकिन इससे पहले मैं उसकी अक्ल की परीक्षा लूंगा। देखूंगा, वह मुझे इस हुलिए में पहचान पाता है या नहीं?
TAXI
TELE

कुछ ही देर बाद –
पीं...पीं...
पीं...पीं...
पीं...पीं...
बूथ में तो कोई नहीं है। हवलदार बहादुर कहां चल गया?
अंधा कहीं का।
ऐ रेहड़ी वाले, तुमने यहां किसी पुलिस हवलदार को देखा है?
बेर खायेंगे जनाब?
साले, तुझे पुलिस हवलदार और बेर में कोई फर्क नजर नहीं आता। मैं हवलदार को पूछ रहा हूं और तू मुझे बेर खिला रहा है।
तड़ाक
उफ!

हवलदार बहादुर ने चिढ़ाने वाले स्वर में कहा–
ही...ही ...ही ! आप तो बेकार ही गुस्सा कर रहे हैं साहब। गोला खाइए और शांत हो जाइए।
अभी खाता हूं तेरा गोला।
धाड़
तड़ाक
ढिशुम
हवलदार घबराकर चिल्लाया–
अरे मत मारो साहब। मैं ही तो हवलदार बहादुर हूं।
हवलदार बहादुर तुम?
हां साहब! हमने यह हुलिया बदलकर डाकुओं का पता लगाया है। लेकिन आपने तो मार-मारकर हमारा हुलिया ही बिगाड़ दिया है।
तुमने पहले ही क्यों नहीं बता दिया था मूर्ख आदमी। खैर, डाकू कहां हैं?
हवलदार बहादुर इंस्पेक्टर के साथ जीप में सवार हो गए।
हमें बहुत होशियारी से छापा मारना होगा सर।
बस, तुम हमें उनके अड्डे तक पहुंचा दो। छापा हम खुद मार लेंगे।
POLICE

यही है उन डाकुओं का अड्डा।
डा. राजकपूर हड्डी-रोग विशेषज्ञ
यह तो किसी डॉक्टर का मकान है।
नहीं सर, यह डाकुओं का अड्डा है। मैंने अपनी आंखों से डाकुओं को भीतर जाते देखा है।
इंस्पेक्टर खड़गसिंह पहले अकेला ही मकान के भीतर प्रविष्ट हुआ।
यह तो कोई प्राइवेट अस्पताल लगता है।
क्या बात है इंस्पेक्टर साहब?
हमें इस मकान में कुछ डाकुओं के आने की खबर मिली है।
डाकू? क्या बात करते हैं इंस्पेक्टर साहब! यह मेरा प्राइवेट क्लिनिक है। यहां भला डाकुओं का क्या काम?
इंस्पेक्टर ने हवलदार बहादुर को भीतर बुलाया।
यहां तो कोई डाकू नहीं है हवलदार?
यही लोग तो डाकू हैं। देखिए, सबके हाथों पर प्लास्टर चढ़ा हुआ है।

यह क्या मजाक है इंस्पेक्टर? यह सब मेरे मरीज हैं और अपनी टूटी हुई हड्डियों का इलाज कराने यहां आए हैं।
मरीज?
हा !
लेकिन मैंने तो इन सबको डाकू समझा था। क्योंकि इन सबके एक-एक हाथ पर प्लास्टर था और यह लोग...।
शटअप यू फूल। सिर्फ एक जैसे प्लास्टर के कारण तुमने इनशरीफ लोगों को डाकू समझ लिया।
फिर इंस्पेक्टर को डॉक्टर राजकुमार से माफी मांगनी पड़ी।
कुछ देर बाद थाने में—
आज के बाद अगर तुमने खुद को जासूस समझने की कोशिश की तो अच्छा नहीं होगा। खबरदार, जो फिर कभी ऐसी मूर्खता की। गधे कहीं के।

मगर हवलदार बहादुर भी जिद के पक्के थे। अगली शाम वह एक नए वेश में डाकुओं की तलाश में निकले।
उन डाकुओं को पकड़ना खड़गसिंह के वश की बात नहीं है। मैं ही उन्हें तलाश करूंगा।
Calasis
चना जोर गरम।
पान
शहर की एक पॉश कालोनी।
चना जोर गरम!
मुझे एक रुपये के देदो।
देता हूं। देता हूं।
मुझे भी।
तभी—
दो रुपये के चने देना भाई।
पहले इन बच्चों को दे दूं।

इन्हें बाद में देना। मुझे जरा जल्दी है।
अच्छा।
युवक चने लेकर निकट ही एक कोठी में प्रविष्ट हो गया।
देखा बच्चो, मेरे चने कोठी-बंगले वाले भी पसंद करते हैं।
तभी—
आंय! इन तीनों के हाथ में भी बाजे के वैसे ही बक्से हैं, जैसे उस हिप्पी के हाथ में थे।
हवलदार बहादुर के मन में संदेह ने सिर उभारा और वह कुछ दूर जाकर खड़ा हो गया।
दो और जा रहे हैं भीतर। बॉक्स भी हैं उनके पास।
अब हवलदार बहादुर ने अपनी अक्ल के घोड़े दौड़ाने शुरू किए।
कुछ दिन पहले एक अपराधी पकड़ा गया था, जो गिटार बॉक्स में राइफल छुपाकर घूम रहा था। कहीं इन युवकों के गिटार बॉक्स में भी तो हथियार नहीं हैं?
उसने खुद ही अपनी बात का उत्तर दिया।
उन बक्सों में हथियार ही हैं। वह युवक डाकू हो सकते हैं, बल्कि हैं। उनके अड्डे पर छापा मारना चाहिए।

हवलदार बहादुर एक बार फिर उस कोठी के सामने से गुजरे।
इस कोठी का नम्बर बी/55 है।
B/55
अब इंस्पेक्टर खड्गासिंह को फोन करना चाहिए, लेकिन अगर मैंने अपना नाम बताया तो इंस्पेक्टर मेरी बात का विश्वास नहीं करेगा। कुछ और चक्कर चलाना होगा।
फिर उसके मस्तिष्क में एक तरकीब आ गई—
हैलो, पुलिस स्टेशन... देखिए, मैं शिवनगर की बी/55 कोठी से बोल रहा हूं। हमारे यहां कुछ डाकू घुस आए हैं।
डाकू!
हां डाकू। जल्दी पुलिस फोर्स भेजिए।
फिर उसने फोन बंद कर दिया। दूसरी ओर से बोलने वाला कुछ पूछता ही रह गया, लेकिन हवलदार बहादुर ने ज्यादा बात करना उचित नहीं समझा था।

अब चलकर उस कोठी की निगरानी करता हूं। जब पुलिस उस कोठी में पहुंचेगी, डाकुओं में भगदड़ मच जाएगी।
पांच मिनट में इंस्पेक्टर खड्गसिंह वहां पहुंच जाएगा।
पांच मिनट बाद —
पी...पी...
पी...पीं
पुलिस जीपें बी/55 के सामने रुकीं।
चारों ओर से कोठी को घेर लो।
तभी—
धांय
धांय
अरे बाप रे! यहां तो गोलियों की बौछार होने लगी।

आंय ! डाकू तो सामने वाली कोठी में हैं। फिर इस कोठी से गोलियां कौन चला रहा है ?
पुलिस दल फायरिंग का जवाब दे रहा था।
धांय
धांय
धांय
तभी-
आह !
धांय
काफी देर तक दोनों ओर से गोलियां चलती रहीं।
कोठी के भीतर पहुंचने की कोशिश करो।
धांय
ओ. के. !
एक सिपाही जीप की ओट से निकलकर कोठी की ओर बढ़ा।
आह !
यह दृश्य देखकर हवलदार बहादुर की घिग्घी बंधी हुई थी।
अगर मुझे गोली लग गई तो क्या होगा? बचा ले राम, सवा रुपये का प्रसाद चढ़ाऊंगा।

अचानक कोठी की ओर से फायरिंग बंद हो गई।
शायद उनके पास गोलियां समाप्त हो गई हैं।
फिर उसने जीप में लगे लाउड-स्पीकर पर बदमाशों को चेतावनी दी—
पुलिस ने तुम लोगों को चारों ओर से घेर लिया है। और हम यह भी जानते हैं कि तुम्हारी गोलियां खत्म हो चुकी हैं। अगर जिन्दा रहना चाहते हो तो हथियार फेंककर बाहर आ जाओ।
लेकिन काफी देर तक कोठी से कोई बाहर नहीं आया।
बाहर आ जाओ, वरना हम हथगोले मारकर पूरी कोठी को नष्ट कर देंगे। तुम सब मारे जाओगे।
इस बार भी चेतावनी का कोई प्रभाव नहीं हुआ।
एक हथगोला कोठी के लॉन में फेंको।
यस सर!

सिपाही ने आदेश का पालन किया।
धड़ाम
तभी–
बम मत फेंको। हम बाहर आने के लिए तैयार हैं।
और वह सब हाथ उठाकर बाहर आ गए।
वास्तव में यह डाकुओं का वही गिरोह था। सबके हाथों में हथकड़ियां डाल दी गईं।

हवलदार बहादुर सोच रहे थे –
अजीब बात है, मैं तो उन गिटार वाले युवकों को डाकू समझ रहा था, जो कोठी नम्बर बी/55 के भीतर गए थे। मुझे क्या पता था कि असली डाकू इसके सामने वाली कोठी में छुपे हुए हैं।
क्यों सर, आखिर पकड़वा दिया न मैंने डाकुओं को?
कौन है बे तू?
हम हवलदार बहादुर हैं साहब! हमने ही तो आपको फोन करके डाकुओं के बारे में सूचना दी थी।
???

हवलदार बहादुर!
हैरान न होइए साहब! यह हमारा ही कारनामा है। इस युवक से पूछ लीजिए कि हम कितनी देर से यहां चने बेचने वाले के मेकअप में घूम रहे थे। दर असल हम डाकुओं का पीछा करते हुए यहां तक पहुंचे थे।
यह ठीक कह रहे हैं इंस्पेक्टर साहब! मैंने भी इनसे चने खरीदे थे। मुझे क्या पता था कि यह पुलिस के जासूस हैं।
यह तो हमारे मेकअप का कमाल है भाई। तुम क्या, खुद इंस्पेक्टर साहब भी हमें मेकअप मे नहीं पहचान पाते।
तुमने कमाल कर दिया हवलदार बहादुर। मुझे तो यकीन ही नहीं आ रहा है कि तुम इतना बड़ा कारनामा अंजाम दे सकते हो।
हम तो इससे भी बड़ा कारनामा करके दिखा सकते हैं साहब! बस मौका मिलना चाहिए।

लेकिन तुमने फोन पर अपना नाम क्यों नहीं बताया था? और हां, फोन पर तो कहा गया था कि डाकू बी/55 नम्बर की कोठी में घुसे हैं। लेकिन डाकू तो उसके सामने वाली कोठी बी/70 में थे।
घबराहट में मैंने कोठी का नम्बर गलत देख लिया था साहब। और अपना नाम इसलिए नहीं बताया था, क्योंकि कल वाली घटना के बाद आपने मेरा विश्वास करना छोड़ दिया था। खैर, अब तो आप मुझे गधा नहीं कहेंगे?
नही कहूंगा। हा...हा...हा!
पूछ ताछ करने पर स्थानीय निवासियों ने बताया कि बी/70 कोठी चार दिन पहले ही इन लोगों ने किराये पर ली थी।
पाठको! भला मैं इंस्पेक्टर को क्यों बताऊं कि यह डाकू मेरी चालाकी के कारण नहीं, बल्कि अपनी मूर्खता के कारण पकड़े गए हैं। पुलिस को देखकर उन्होंने खुद ही गोलियां चलाकर अपना पता दे दिया था। नाम हुआ हवलदार बहादुर का। शायद इसीलिए कहते हैं, खुदा मेहरबान तो गधा पहलवान... अच्छा, फिर मिलेंगे।
जितेंद्र बेदी
समाप्त